L'Homme qui tue les femmes

Camille Lemonnier

© 2019 by Camille Lemonnier (Domaine Public)

Edition : Books on Demand, 12/14, rond-point des Champs Elysées, 75008 Paris

Impression : Books on Demand GmbH, Norderstedt, Allemagne.

ISBN : 9782322128204

Dépot légal : janvier 2019

A Propos Lemonnier:

Camille Lemonnier, né à Ixelles, Belgique le 24 mars 1844 et mort dans sa ville natale le 13 juin 1913, est un écrivain belge particulièrement fécond. Ce Brabançon, fils d'un avocat wallon et d'une Flamande, vint à la littérature par le détour de la critique d'art. Il effectue ses études secondaires à l'Athénée Royal de Bruxelles. En 1863, Lemonnier publie à compte d'auteur le Salon de Bruxelles et commence à fréquenter le monde artistique. Il se distingue immédiatement par son désir de défendre l'art réaliste contre l'académisme, et la liberté de l'artiste contre les institutions d'État. En 1870, Lemonnier parcourt le champ de bataille de Sedan avec son cousin Félicien Rops (peintre et dessinateur). Son roman-reportage Sedan relate ses impressions : « une odeur de terre, de pourriture, de chlore et d'urine mêlés ». Cet ouvrage réaliste sera repris sous le titre Les Charniers qui précède La Débâcle d'Émile Zola. Lemonnier commence à être reconnu dans le milieu naturaliste. Il collabore d'ailleurs à des revues françaises où il fait connaître les peintres belges. C'est avec son roman Un Mâle (1881) qu'il atteint la notoriété. Le scandale provoqué par la parution de ce livre est tel que la jeune génération (les poètes rassemblés autour de la revue la Jeune Belgique) organise un banquet de « réparation » à leur aîné en 1884 pour lui témoigner son appui face aux foudres de la critique traditionnaliste des « perruques » et de certains journalistes catholiques. On a souvent surnommé Lemonnier le « Zola belge » bien qu'il ait affirmé que cette étiquette ne lui convenait pas. En fait, l'auteur du Mâle est trop soucieux de son style (qu'on nommait « macaque flamboyant ») et de recherche de néologismes et d'archaïsmes pour être rangé parmi les naturalistes. La filiation avec le naturalisme français s'arrête, en effet, à l'influence du milieu, et plus précisément de la vie animale, sur le comportement des personnages. Dans des romans tels Le Possédé, La Fin des bourgeois ou L'homme en amour, Lemonnier se rattache davantage au courant dit « décadent », représenté en France par J.-K. Huysmans, Péladan, Lorrain ou Rachilde ; la préciosité de son style, son obsession pour le thème de la femme fatale, la névrose et la perversion peuvent être considérés comme une contribution originale à l'esthétique décadente. Si, dans ces romans des années 1890, Lemonnier se rapproche davantage de Félicien Rops, il n'en demeure pas moins que les chapitres du Mâle qui décrivent la kermesse ou la vie à la ferme renvoient davantage à la tradition flamande et aux tableaux de Pieter Bruegel l'Ancien. Portrait de Camille Lemonnier par Emile Claus Le

Prix quinquennal de littérature lui est attribué en 1888 pour son ouvrage La Belgique, illustré de gravures dessinées, entre autres, par Constantin Meunier. En 1905, il publie La Vie belge et deux ans avant sa mort, Une vie d'écrivain, son autobiographie. Dans ces trois œuvres, Lemonnier rend hommage à sa terre natale, souhaitant présenter au lecteur la vie et la culture de son pays. Ce « témoin au passé », selon sa propre expression, relate, avec un talent de conteur, la naissance des lettres belges: « La Jeune Belgique avait frappé le roc aride et à présent les eaux ruisselaient. » Parfois lyrique, épique et excessif, Lemonnier laisse cependant un document historique très instructif. En définissant le talent du peintre belge comme la capacité de « suggérer des correspondances spirituelles par un chromatisme expressif et sensible » (La Vie belge), il parle aussi de son propre style: il s'agit de frapper l'imagination par la couleur et les images. En cela, il s'oppose à l'imitation du réel et rejoint un symbolisme universel tout en restant proche de l'instinct et de la spontanéité en même temps que de la tradition baroque de ses ancêtres (Rubens, Jacob Jordaens, David Teniers). Paix à son âme... Sa maison abrite actuellement le siège de l'Association Belge des Écrivains Belges de langue française. Sources : http://fr.wikipedia.org

MÉMOIRE DE L'ASSASSIN

Que ceci soit ma suprême et mortuaire volonté, s'il est possible que celui qui si cruellement transgressa la Loi, – immuable symbole de l'omnipotente volonté des hommes, – ose invoquer, par delà les jours, cette part de lui que dès l'instant du crime, il abrogea sous l'irrémissible et occulte ingérence d'une volonté à jamais maîtresse de ses destinées !

Je lègue à la science, – comme à la seule puissance humaine capable de m'absoudre, – avec ma cervelle, arsenal des ruses funestes et des diaboliques machinations, l'être pervers et compliqué qui pour moi-même demeura un insondable problème.

Mon nom ? j'ai tout fait pour qu'il demeurât perdu dans l'obscure légende des réprouvés rentrés aux terrestres ténèbres après avoir témoigné de la fatalité des races vouées à d'inévitables opprobres. Personne ne saura donc quel flanc misérable, – alambic où fermentèrent les sucs d'une hérédité monstrueuse, – porta l'impur limon prédestiné dans lequel se modela ma face ; – personne davantage la semence qui, en mes natives pourritures, fit germer et fructifier un sombre et machinal criminel. Le sang, depuis, comme une onde lustrale corrosive et ineffaçable, l'a baptisé – ce nom – sous la rubrique d'un rouge et effrayant anonymat.

Quand j'entrai avec *Elle* dans la chambre de la maison infâme, – la chambre immémorialement reflétée en mes yeux, avec le lit des accouplements sans amour, – la Bête (j'en atteste l'*autre* conscience en moi demeurée impollue !), la Bête, toujours soufflant dans l'homme, n'attisa que la superficielle et instinctive concupiscence que cette fille, heurtée sur un trottoir, suscitée en ma flânerie de passant. À peine dans la crépusculaire vapeur, l'avais-je vue ; je n'aurais pu dire qu'un charme de grâce et de beauté m'eût attiré sur ses pas. Et toutefois un charme plus incompressible que la charnelle splendeur d'un beau corps me captiva aussitôt qu'elle se mit à marcher devant moi, onduleuse et souple avec le balancement de sa ceinture. Rien autre, – de cette rencontre qui pourtant changea le cours de ma vie ! – rien autre que l'impérieuse foi que nos destins étaient jusqu'à la mort liés, ne fixa dans ma mémoire le clou auquel immuablement, chez les postérités humaines, demeurent attachés les décisifs tableaux commémoratifs des choses irréparables… Et, tous deux enfermés dans les férines atmosphères de ces cloisons offertes aux ruts errants de la rue, – elle se dévêtit avec la gauche et frileuse pudeur d'une vierge résignée au premier péché. Une âme captive – je soupçonnai alors l'invincible attrait perçu au frôlement de ses hanches ! – battait de l'aile, douloureuse et fraîche encore – en ce corps de jeune prostituée. Je la pris en mes bras comme une neuve épouse que le sort m'eût départie, presque avec le regret de la souillure que mon contact allait lui infliger – oui, le regret des impurs baisers bafouant sur sa chair vénale les dernières et pâlissantes roses de la chasteté.

Comment après les râles et les mutuelles caresses (l'ayant sentie, malgré sa froideur, palpiter sous ma poitrine, cette neige d'un pâle et à peine nubile printemps), m'envahit tout à coup la nette et irréfragable détermination de couper en ses racines la fleur de vie charmante et corrompue que j'avais nourrie de mon triste amour ? J'allai à mes vêtements pêle-mêle avec les siens jetés sur une chaise et j'en tirai le rasoir que, *sans m'en être rendu compte*, j'avais en sortant de chez moi glissé dans la poche de mon habit. Aucune raison jamais ne put m'expliquer cet acte inconscient, mais commandé par les ténébreuses providences, au point que je n'aurais pu ne pas le prendre sur moi, l'effrayant et ridicule outil dont je m'armais en cette minute inévitable ! Je savais seulement que je l'avais tiré de sa gaine et coulé dans mon habit, je ne savais pas autre chose. Et m'étant mis nu, – alors sans doute se préméditait en moi le dessein final, – je cachai derrière mon dos l'éclair de lame et, sans effroi, sans un soubresaut sous ma mamelle, d'un regard où nulle pitié ni hésitation ne l'induisirent en le soupçon d'un barbare forfait immérité, j'embrassai ses jeunes et pâles seins, la maigreur de son ventre épargné par les maternités, le flexible et gracile col pareil à une tige. Surtout je regardai le col sinueux, sachant que rien au monde, à présent que sa mort était résolue, ne pouvait plus m'empêcher d'en déchirer d'un coup net et prompt, les soyeux, les pâlement azurés et soyeux tissus.

En un transport, nos corps se nouèrent plus étroitement que si de tardives fiançailles enfin consommaient la souffrance d'un désir toujours insatisfait. Et quand, aux chaleurs et aux frissons de sa gorge, je conjecturai qu'un même spasme allait joindre éperdument nos haleines, – en cet instant précis, et avant qu'elle eût seulement soupçonné le geste qui éterniserait jusque dans les enfers et paradis sa volupté, – je pressai sur le rasoir et d'une fois lui tranchai les carotides ! Sur ses lèvres tôt violettes, décloses aux immortelles délices, – tandis que, jaillissant en torrentielles gerbes vermeilles, le sang arrosait les aréoles de son sein et fluait entre nos ceintures confondues, – je cueillis ensuite, avec le froid soupir où s'évagua son être, le souffle encore ardent de la minute qui de ses passives entrailles, peut-être pour la première fois, avait fait crier l'amour.

Aucun remords sur l'heure, – quand je vis s'égoutter par la profonde entaille qui lui séparait la tête du tronc, la rouge fontaine de sa vie, – aucune agitation de mon cœur ni de mes sens n'accompagna l'instant qui suivit l'effroyable immolation. La certitude de l'acte s'imposait à moi, mais sans m'émouvoir ni soulever ma réprobation. Le supplice consommé, – l'immortellement délicieux supplice où l'amour et la mort râlèrent leur indissoluble râle, – j'épuisai les ablutions jusqu'à l'effacement complet du sang sur moi ; puis, je me rhabillai, et après l'avoir considérée un long moment, – toute vêtue de la pourpre issue de ses veines comme d'un tragique et somptueux manteau, ses membres déjà mollissants écroulés en travers du rouge flot toujours s'épanchant comme d'une urne inépuisable, – je descendis l'escalier.

Mais, sur la dernière marche, je sentis que *je ne pouvais* la quitter ainsi : je remontai précipitamment, je baisai longtemps ses yeux de pierreries mortes, ses yeux de volupté et d'agonie, ses yeux sommeillants sous le rideau des cils, – ses yeux où dans la surhumaine et céleste détresse, s'était lapidifié mon visage d'assassin, – et je lui disais, j'éprouvais la cruelle nécessité de lui dire comme si elle m'avait pu comprendre encore :

– Vierge rédimée et par ce sang à jamais saintement expiée, vierge qui chus aux limons d'où mes mains, pour ton actuelle et libératrice Assomption, t'ont retirée, ô créature d'ignominie et de péché, sois ma sœur ! Jusqu'en les vers sortis de ma pourriture, je garderai, fidèle à ton culte, l'arôme de ton âme délivrée, le subtil et consternant parfum du baiser par lequel tu payas ma scélératesse glorieuse.

Ensuite, d'une circulaire estafilade de l'homicide acier, – ô quelle inexplicable honte me rend pénible cet aveu ! – je scalpai, avec les bords de la secrète bouche, les lins crespelés, humides et raidis déjà du sang figé. Et je ne m'en allai qu'après avoir – ô pourquoi ? pourquoi ? – insinué aux dents resserrées comme par l'effort d'un étau, une bank-note de cent francs – les cent francs qui m'attestèrent partout où je portai la mort, comme si, en déliant les âmes boiteuses des victimes assumées à mes coups, je rémunérais les rapaces survivantes pour la suprême pitié des funérailles. Alors je ne calculai pas l'étrange motif de cette obole du carnage. Ouvrier d'une œuvre maudite, j'obéissais à des impulsions irréfléchies et auxquelles quelqu'un, en dehors de moi, me stimulait. J'étais comme un corps dépouillé de ses moteurs et que galvanise l'incoercible ascendant d'une force s'exerçant de *l'autre côté de sa vie*. Plus tard, seulement, quand je pus raisonner, je me persuadai qu'un penser commisératif avait déterminé l'offrande où le monde, en son effarement stupide, ne voulut voir qu'un dérisoire et plus excessif outrage.

Tranquillement je descendis, réglai entre les mains de la mérétrice le prix du lit sanglant, et, m'en allant, je ne retournai même pas la tête pour regarder, de loin, la maison qui, dans un instant, se remplirait d'horribles clameurs, et où, en sa grande paix impure, reposait la nudité de l'Élue, de la toujours Élue !

Dans la rue, seulement, après une marche à travers les lasses multitudes opprimées par la douleur du quotidien labeur, – et pensif, encore nostalgique des regards expirés où j'avais bu sa mort – je perçus, mais vague, le sentiment de l'IRRÉMÉDIABLE. Et cette perception n'était pas dénuée de quelque douceur : il me semblait que ma vie marchait à présent devant moi, dans le pas de *Celui* qui avait exigé le meurtre et dirigé mon bras, que je n'aurais plus à penser à ce que j'allais faire, mais que dorénavant j'exécuterais ce qu'*il* avait uniquement et souverainement décidé (et toutefois ce sentiment fut-il aussi précis ?) N'y suppléé-je pas en ces lignes par une sournoise dialectique ? Je ne saurais le dire. Je me souviens seulement que je rentrai chez moi, désintéressé de toute distraction, l'esprit calme et soumis comme à quelque irréfragable loi.

La nuit, je n'eus ni cauchemar, ni songes expiatoires, mais une sensation d'horrible froid aux pieds soudain me réveilla vers l'aube ; et j'allumai une lampe, je regardai mes mains, j'allai ensuite me regarder dans la glace, cherchant en mes propres yeux – ô étrange aberration ! – le *regard qu'y*

avaient laissé ses déclinantes prunelles.
Le lendemain et pendant trois jours
encore, je jouis d'une vie légère,
heureuse, surnaturelle, comme après une
noble ambition accomplie, la délivrance
d'une obsession tantalisante, la joie d'une
menace enfin conjurée ou quelque
certitude longtemps remise et
indubitablement élucente.

Cependant, au fond de cette
extraordinaire et si bénigne disposition
d'esprit, régnait – ma paix intellectuelle
s'en adjuvait délicieusement ! – un fond
de douleur vaincue, la lie restée d'une
grande souffrance dissipée. Et je me
souvins qu'un peu, très peu de cette
inexplicable douceur de tout mon être
m'avait autrefois lénifié, après avoir
descendu en terre un frère aimé jusqu'à la
passion, et au chevet de qui j'avais senti
s'enfoncer en moi toutes les épines du
plus mortel calvaire. Ayant vidé mes
larmes à le pleurer, ensuite je connus le

déliement de la douleur, en une quasi pareille convalescence de mon âme.

Mais la quatrième nuit, je fus tourmenté par l'atroce évidence d'un flux de sang qui, goutte à goutte, s'instillait dans ma gorge. Je faisais des efforts pour boire à mesure tout ce sang, mais il coulait si vite que ma bouche en était remplie sans qu'il me fût possible de le boire tout ; et à la fin je me dressai en sursaut, sentant que j'étouffais. Alors il me sembla *la* voir à mes côtés, dans mes draps, avec la plaie vomissante qui lui labourait le col, et *je cachais mes mains*, je criai : « Se peut-il qu'*elles* (ces mains) aient perpétré ce forfait abominable ? Est-ce bien moi, passive et docile créature, qui ai versé ta vie de ces mains inhabiles aux moindres violences, de ces mains qu'aucun travail ouvrier jamais ne ductilisa aux manœuvres viriles ?

Grêle, d'aspect chétif et féminin, les œuvres de force dès l'enfance m'avaient répugné ; – et seul, avec mes seuls doigts pour outil, j'avais consommé une pareille boucherie ! Moi qui aimais l'innocence, la candeur, la faiblesse, – oh ! jusque dans mon fumier cette bonté, en cent occasions avérée, je le jure ! – j'avais sans cause supplicié l'irresponsable et novice enfant. « Oui, l'innocence, la faiblesse et la candeur, indéfailliblement tu les adoras, qui en peut douter ? Et c'est pourquoi, en ta pitié profonde et ton inexorable amour, tu mis à mort celle qui était faible, candide et malheureuse. Il en devait être ainsi. » Il me parlait, l'invisible compagnon qui m'avait glissé l'arme au poing ! Muet toujours, enfin il me parlait, me justifiait, me commandait de m'enorgueillir de cette blessure par laquelle je me persuadais que je l'avais rachetée. Et je ne l'écoutai que trop bien.

Bientôt, je fus ravagé par le tenace, l'incompressible besoin de la revoir, car je ne pouvais douter qu'en revoyant la chambre où je l'avais égorgée, je ne revisse à l'instant son image corporelle. Dans la horde des filles faméliques tissant à l'entour leurs rets soucieux, je ramassai au hasard la première qui s'offrit et je demandai la chambre où « *quelqu'un* (et ma voix articula cela nettement) *avait tué cette femme* ». Sans doute, on me prit pour quelque morbide original en mal de sensations intenses : la sinistre tenancière de ce mauvais lieu à peine me regarda, et m'eût-elle regardé, *je savais qu'elle ne m'eût pas reconnu.* Nous pûmes monter sans inquiétude, et tout en se dévêtant, la fille – je ne vis pas même son visage – me confessa en riant que vingt autres avant moi avaient exigé qu'elle exerçât son métier dans la chambre, pourtant à jamais sanctifiée par le meurtre ! Je *la* vis dégrafer son vêtement à travers le geste qui, en ce moment, pareillement faisait glisser l'étoffe et la toile ; je *la* vis ranger ses bas au pied du lit ; je *la* vis monter à sa croix funèbre. C'était le même lit, les mêmes draps peut-être, les draps où à bouillons avaient pleuré ses veines ; oui, ce *devaient* être les draps d'amour et de mort où j'avais cueilli sur ses lèvres la fleur de ses amoureuses entrailles ; et en eût-il pu être autrement ?

Mais quand celle qui était là m'appela de sa voix grelottante, alors je compris qu'*Elle* vivait enchaînée en moi, immortellement en moi et que seulement devant moi grimaçait une fétide et sacrilège pourriture. Et tout à coup il me parut que chaque meuble de l'horrible chambre me regardait avec des yeux réels, les nocturnes yeux de volupté et d'effroi qu'elle avait en expirant fixés sur les miens. « Ah ! jamais plus ! jamais plus ! irrémédiablement plus ! – ainsi, en moi, parlait ma douleur ; – va, perverse illusion ! Empuse ! Méprisable reflet d'une inaltérable splendeur ! » Je payai le salaire convenu et, d'un pas qui cette fois se dérobait sous moi et que je surveillais, je repassai devant le guichet qui, l'*autre* jour, m'avait vu m'en aller tranquille et comme indifférent.

À jamais plus ! me répétai-je en traversant des groupes qui, disséminés sur le trottoir, discutaient les circonstances du crime. Je ne prenais pas attention à leurs conjectures, et pourtant elles pénétraient en mes oreilles ; malgré moi, j'entendais leurs puérils et grossiers rabâchages. Un même impératif vouloir, indépendant de mon moi subalternisé, me contraignait à lire, sans curiosité, les innombrables feuilles qui s'occupaient de l'assassin. Devant l'atterrante sottise d'un reportage imaginant les plus risibles complications, j'aurais eu le droit de m'enorgueillir d'un acte si simplement exécuté et qui déconcertait toutes les probabilités. On disait les gens de police sur les dents, le parquet aux abois, la multiplicité des pistes toujours davantage embrouillant les recherches. De ce côté encore, la torpeur d'une occulte prédestination me dérobant aux traques les mieux ourdies, eût pu me donner quelque fierté. Mais que m'importaient les rumeurs de la rue, de quel intérêt m'aurait abusé ce qui se passait hors de moi, quand, en moi-même, les plus extraordinaires sentiments qu'ait éprouvés un homme se succédaient, se combattaient, m'emplissaient d'une plénitude de joie et d'horreur ?

C'était la jouissance éperdue de la porter en moi ainsi qu'en une tombe scellée – de mes mains exterminée, mais d'autant plus résorbée en ma vie ! C'était le surhumain orgueil que mon geste eût dénoué les terrestres attaches d'une créature et sans doute exécuté un sombre destin *résolu ailleurs* ! C'était aussi, ah ! c'était la crainte et l'âcre douleur qu'il ne subsisterait d'elle qu'un fantôme à jamais insaisissable !

Pendant près d'un an, je vécus, – et qui donc, si ce n'est moi, eût consenti à vivre à ce prix ? – en des alternatives aiguës de deuil et d'amères voluptés. Rien, toutefois, ne ressemblait en moi à ce que les hommes appellent les remords. Et comment, en effet, aurais-je pu les ressentir, puisque l'essence même du remords, la conscience du crime, manquait à les stimuler ?

Mais insensiblement – ô quelles hésitations à mesure qu'approche (mais il faut tout dire !) l'heure démentielle où je ne fus plus que le passif instrument de la plus inexorable destinée ! – dans mon âme se leva l'Obsession. Aucune volonté humaine bientôt n'eût pu prévaloir sur le désir et le besoin de *sa* présence. Elle-même m'enjoignait de la rechercher à travers le monde. Et un soir, pareil à l'autre soir, l'acier exterminateur dans ma poche, je rôdai jusqu'à minuit par les rues, puis en un silence de ruelle perdue, sous les claires étoiles, l'illusion exécrable de son amour – tandis que par la gorge se vidait l'infâme prostituée ! – me restitua la chambre et les oreillers où m'avait souri la tête coupée. Et pour que l'évidence persistât jusqu'au bout, le scalp ensuite mutila cette chair vicieuse et je lui mis entre les dents – comme à l'autre la pitoyable obole ! – *le prix du plaisir dans la mort !* L'homme qui tua cette Annette Éva Duflot, fut celui qui avait immolé la Julia, – toi, ma sœur et mon épouse à moi fiancée en nos primes noces sanglantes ! L'Obsession, un instant apaisée, revint à un mois de là, et l'homme qui avait égorgé Annette Éva et celle dont le nom ne doit plus être mêlé à ces squalides épaves des carrefours sans lanternes, – tua l'Anglaise Anna Paddy. Et encore cette Delphine Maucœur, et cette Rosa-Chérie Courache, et les six autres qu'en de torves venelles, au cœur de la Cité, par les minuits insidieux, on trouva expirées dans leur sang – à toutes ma main opposa la marque qui éternellement faisait revivre pour moi la chambre et un funèbre, à jamais funèbre amour.

Je devins le mystérieux criminel qui déjoue les guets, le sombre passant des foules perdu en son crime, le prince des Ténèbres redouté des hordes misérables cherchant pâture aux fanges des ruisseaux. Un prodigieux instinct de dissimulation, jusqu'alors mal éveillé, me donnait les agiles et redoutantes allures, les plus souples mimes. Personne jamais ne s'avisa de soupçonner dans le petit quadragénaire rassis et maladif dont la ponctualité et les notoires bonnes mœurs m'avaient conquis l'estime du quartier, et presque riche, nanti de rentes, honnêtement voué aux pratiques droites – je le dis sans ironie, bien que la plus cruelle ironie semblerait à peine justifier un pareil langage, – non, personne ne soupçonna l'Homme qui tue les femmes.

Cet homme, c'est moi pourtant. À quelles troubles hérédités, à quelles parques funestes prenant aux écheveaux des ancestrales destinées, pour en tisser mes jours, les tors et criminels fils qui m'enguèrent. À quelles fatalités uniquement responsables enfin, dois-je le diabolique privilège d'une cervelle où le Meurtre régna triomphal et assouvi ? Dites-le, ô vous, chercheurs d'énigmes, rois des terrestres problèmes, – à qui je délègue, pour vos scalpels et vos sondes, ma dépouille réprouvée. Au jugement du monde, je demeurerai l'assassin onze fois assassin, et cependant – (mais qui jamais pourra comprendre ce criminel sophisme), – je n'en tuai qu'une et en toutes celle-là uniquement. Ayant immolé celle qui m'était dévolue par un intransgressible décret, les autres ensuite succombèrent, puisque j'étais voué à revivre *sa* mort en chacune d'elles qui, mourant, – me *la* rendait vivante.

CAMILLE LEMONNIER.